無心のつぐない

高野吉一
Yoshikazu Takano

文芸社

無心のつぐない◎もくじ

「わたしは貧しい人の——」

わたしは貧しい人の
足を洗いたい
過酷な運命に踏みつけられ
人々に虐げられながらも
心の平穏を保ち
また自らの足で
歩みを続けようとする
すべての人々の
足を洗いたい
大地に根を張り
この世の塵芥を養分として
茎をのばし
そのつぼみから花を開き
実をつけ、死を迎えたのちも
また新たな花として

生まれ変わる人々の
足を洗いたい

「密林」

堆く積まれた本の森、ぬかるみ
あの六畳一間の奥地から
私は仕事をするために出てきた
あの頃から私は歌を歌っていたが
仕事をするために
歌う歌は私のたたく
パソコンのキーのほど近く、しかし、
今までよりもさらに遠いところから
この存在を包むように
響いている

弾丸に貫かれた
スペインのギターの代わりに
ウクライナとロシアのピアノから
血がほとばしり

トルコの大地が
血しぶきを上げて裂けるとき
私たち、根扱ぎにされた
エコノミックアニマルの末裔は
毎日のようにニュースから流れ出る物価上昇に
悲鳴を上げる

何かが間違っているのだ
人間の苦悩の真ん中に立ち止まり
その歌の中を彼の血と根が駆け巡った
パブロ・ネルーダのような人を
堕胎させる何かが
この国にはあるのだ
その存在をかけて歌を歌うべき
何か大切なものが
私たちにはいつしか
欠けてしまったのだ

「絶食し果てた人へ――」

絶食し果てた人へ
あなたはあまりにも優しすぎた
植物が無機物から結合した
わずかなエネルギーをも
とることを拒絶したあなたは
あまりに優しすぎ
あまりに真剣に生きたのだ
今私は
その名を呼ぶ
ヴェイユへ
優しく、真剣に生きたシモーヌへ
優しく、強く、真剣に
生命と向き合った
ヴェイユへ

「宙を舞うイマージュを――」

宙を舞うイマージュを
次から次へと拾い
言葉にしてゆく作業
私には音楽が必要だ
音楽が宙を舞ううちに言葉と結びつく
舞い散る言葉を音楽を
偶然とともに必然に結びつける
存在は確かに
ここに
在る
この私を
何と呼べば
よいだろう
言葉が必要だ
音楽が必要だ

絵画が必要だ
色を付けるため
形を整えるために
この私を
何と呼べばよいだろうか?

「太陽：世界のイマージュ」

太陽の熱、光、その形と言ってよいかわからない
おぼろげな輪郭
それらのものからやって来て
それらのものへと去っていく
何ものか
イマージュとでも名付けたくなるものが
私たちを創り出し
私たちの創り上げたものらを
無数に生み出して
消えてゆく世界

個々人の心
それは
宇宙の鏡

「窓の外でひよが鳴く――」

窓の外でひよが鳴く
遠く、遠く忘れていた
農村部の生活だ
柿を干し冬に備える
農村の冬だ
それは生活の糧というよりも
昔からの習慣となってしまったが
それでも列をなして吊される柿は
私の故郷の慕わしい光景だ
枯れ、そして暖かな春を待つ
私に慕わしい光景だ

「手についた――」

手についた
ゆずの香り
今年はなりものが豊作だと
木いっぱいに実った
ゆずをもぐ
木のとげでひっかいて
切り傷をつくりながら
ゆずをもぐ
手には甘酸っぱい
ゆずの香り
袋いっぱいに
幼少期の思い出を詰めて
私の手には
甘酸っぱい
ゆずの香り

「かたちあるものは――」

かたちあるものは
いつかこわれる
かたちなきものも
いつかは失われるのだろうか
ただ、これだけは言える
私は
かたちあるものと
かたちなきものの間で
ゆらめき
その二つの間で
生きている

「涙は――」

涙は
過去のものとなり
癒し、平穏さが
ペン先から
私の心に流れ込む
花を見
鳥の声を聞き
私の心は乱されることが
少なくなった
狂気の歌は遠のき
私は今
人々のざわめきからも離れ
平穏の歌を歌おう
私は心に
平穏の歌を聞き

聞いたままに
それを歌おう

「善、アガタを考えるとき――」

善、アガタを考えるとき
「食うこと」はどうでもよくなる
食うことは罪かもしれないから
今「食うこと」は
私の関心に入ってきた
人は食わねばならない
ほかの人には
それが自明のことだった
のだろうか
「何食ってんの？」
それは挨拶みたいなもんで
そんな人々の中で仕事をして
それでもアガタを求める私は
もう、善なんてどうでもいいのだろうか
ヴィーマラキールティ

私もそれを求めるのだろうか
ヴィーマラキールティは
法の華を食った
私はどうするのだろうか
弥勒菩薩の化身が
腹の膨れた布袋だということを
まじめに考えてみる人が
どれだけいるだろうか

「わたし」

私は「ある」
確かに自分はここに「いる」のだが
私が「ある」のかはわからない
自分探しと人は言うかもしれないが
おかれた場所でと
いう人々は
自分があるといえるのか
確かにここに「いる」が
確かにここに「ある」のか
「あ」と「い」の区別がつくのだろうか
二つが合わさって
あい、し、あう
言葉が転がりだすときの
不思議さ
私はこんなことを言うつもりは

はじめは毛頭なかったのだ
「愛」
「死」
「合う」
これらのことなど

このように愚昧な私にも
愛ある人は
にっこりほほ笑むだろう

「二歳に満たない姪っ子が――」

二歳に満たない姪っ子がパパの吹く
シャボン玉をみて
「いっぱいいいっぱい」
としゃべっている
本当にそうなのだろうか
私にはそう聞こえた
本当はあの丸く
浮かんでは消える泡が
自らが吸い
飽きれば離す
母のおっぱいに
似ていたのかもしれない
いや、それどころか
大人の思いもつかない
煌めき、いつかは消えてゆくものの

イマージュを意味する言葉を
紡ぎだしていたのかもしれない

「二十五でキーツと同じように――」

二十五でキーツと同じように
死ぬと考えていたのはいつだったろうか
七年も生きながらえ
二冊目の詩集を出そうと考えていたのは
いつだったろうか
私はもう自分が死ぬなんてことを考えることもなく
日々暮らし
とても心は
穏やかだ
タバコを吸いながら
空に立ち昇る入道雲を見て
そんなことを思った私は
今
会社のデスクに座り
これを書いている

今
ここ
を写し取ること
私は
今ここを写し取る
今ここに集約する時間を写し取る――
――雨が降り出した――

「言葉というコインの――」

言葉というコインの
表裏
詩というチェス盤の上に
さいころ一つ
投げてみる
出た目の数だけ
イマージュをそこに広げたら
そこに
一つの世界
そこに歌う鳥たち
遊ぶ子ら
片や兵士は
そこに死地を見る
この真剣な戯れの中で愛ある存在は
ほほ笑みかけ

嘆き悲しみ
慈しむ
争いをやめよと言いかけ
自らを省み
言葉を紡ぐのを断念し
悲しくほほ笑むだけ

彼の存在も
私たちを許してくれるだろうか
戯れを続ける
真剣さの中に
私を
許してくれるだろうか
切り分けた肉を食べ
注がれた血を飲みながらも
法の花を愛でる
私を

許してくれるだろうか
これまでしてきたことの懺悔として
詩を書く私を
許してくれるだろうか

「疲れた心と体――」

疲れた心と体
詩を書くことから
遠く離れて
飯の種を摘み取ることに
長い時間を費やして
詩人として生きようと思っていた
我が身を振り返り
このまま飯の種を
実にまで育てようと
花として愛でようと
どちらでも私は
詩人として
生き
死に
を自由に選択することが

今はできる
詩人として
生き
死ぬことを
私は今
しているから
天才として振る舞えば
天才となると
ダリは言ったが
それはこういうことだと
それが詩であろうが
なんであろうが
書くこと
それを人が詩であると
認めようが
認めまいが
それが美しかろうが

醜かろうが
成すこと
私が書いたものは
私から離れて
育ち
私から離れて
生き
存在し続ける
その存在にとっては
消えるのも
忘れられるのもまた一興だろう
悠久の時間に
明滅を繰り返しながら
続けられる戯れ
詩は
私にとって
飯の種を育てる途中に咲く

食えない花
食える花を育てる人は
幸せなのだろうか
私にはわからない
私は「詩人」ではないから
成すべきことを成す
ただ、それだけだ

「数日前私は――」

数日前私は
「人は見せたいところしか人には見せない」
と言ったら
友人が
「人はいいところしか見せないってことですか」
と言ったので
その時はそれで済ましてしまったが
今はたと思い直した
人にはいいところを一切見せずに
デクノボーと呼ばれる人々がいる
純粋に人として生き
純粋に人として死ぬ
神様のような人々がいる
神として生き
人として死ぬ

人として生き
神として死ぬ
そのような人々もいた
私はこれから一体
どのように生き
どのように死ぬのだろう

「疲れた脳髄から――」

疲れた脳髄から絞り出されることば
私のような人が生きていられるのもいま、
ここに
この場所があるから
私を座らせてくれる席
仕事をさせてくれる場所
ここに意味を見出せるなら
私はまだ
ここで
生きられる
舌を出した天才は
仕事の合間に
自分のしごとをした

私も仕事の合間に
自分の一生にかかわる
しごとをしよう

「物語の主人公はおろか——」

物語の主人公はおろか
脇役にすらならないこの場所で
静かに
自分のやるべきことを成し
静かに
心を落ち着けて
時を過ごす
自らが自らの生の
主人公だと
肩をいからせて
時を過ごす時は過ぎ
時を時のままとして
時を過ごす

時の流れと筆の流れが一つになる

ペンと手の移動
紙とインクの摩擦
そして時の流れが一体となり
今が、今ここで形成されてゆく

私に詩を書かせまいと思うなら
書く暇がないほど仕事を持ってくることだ
これが私の一生のしごとかもしれないのだから

前髪しか持たない
運命の女神の前髪をつかむなら
今この時しかないこの時を
無心でつかむことだ

「快適なねぐらを——」

快適なねぐらを求めるだけでは
満足できない存在

白鳥の湖の旋律に
この心は震え
この心は震え
この心と手と
ペンを衝き動かす白い衝動
葦の振動と
この心の振動が共鳴し
このペンを衝き動かす白い衝動の中
この心が
葦のリードのように
震える

「四時くらいになると——」

四時くらいになると
仕事に疲れてくる
疲れた体に鞭打たず
なるようになるまま
時を過ごし
ため息をつきながら
ペンを走らせる時間
時間
この時間というものは
一体どこにあるのだろう
手足の移動
唇の振動空気の震え
長針と短針の進みぐあい
天体の運動
そのどれにも

目に見えない得体のしれないものが
しみ込んでいて
それが人を駆り立てる
課長補佐が
きらりと光る腕時計をつけた
左手を突き出して
「まだ帰る時間じゃないぞ」
と言ってきたら
私は
脈打つこの心臓を抉り出した右手を突き出して
「私の時間はここにある」
と、私だけの時間を見せてやる
そして無為に流れ去る時間を置き去りにして
私は悠々と家路につくのだ

「人はそれぞれに――」

人はそれぞれに
自分だけのリズムを持っている
呼吸をするリズム仕事を進めるリズム
話を進めるリズム前進するリズム

急いだり
回り道をしたり
他人を急き立てたり
時に小休止したり

私がこれを書くとき
私は私の好きなリズムで
筆を進める

ゆったりとした時間とともに

ペンはさらさらと進む
昔感じた快感が戻ってくる
筆が波間を縫って
さらさらと進む

病むことを経て
人は
時間に急き立てられることから
逃れるすべを
知るのかもしれない

私だけのリズム
それを人と共有できるとしたら
それを分かち合えるとしたら
稀有な幸せなのかもしれない

図書館に勤め

会議中に自分のしごとをした
イギリスの老詩人と
私のしごとのリズムは
少し似てきたのかもしれない

「金の真砂――」

金の真砂
湖上の麗人
儚げな夜の夢

これらのものとは
一切
今の私は遠く離れてしまったが
私にはまだ残ったものがある
この命と
私の心の中にある
人生の結晶
それを形成する
赤く燃える熾火
暗闇の中で赤く爆ぜ

その赤き内面をあらわにする
赤く燃える熾火

外面は灰になったように死んでいるが
その内面は高い熱を帯び
外に吐き出される時を待っている
命の熱量

死にながら燃え
燃えながら死んでいる結晶

岩に埋もれながら確かにそこに存在し
見る角度ごとにその煌めきを変える
橙色の
ファイアオパール

「君には時間がある――」

「君には時間がある」
と人は言う
だが時間とは
どこにある?
私の前ではほかの課の名前も知らない女性と
同僚が笑いながら
しゃべっている
口の運動唇の震え
パソコンのキーをたたく音
彼の上司に話しかけるために歩み寄っていく
他の係の上司
それに伴う空気の振動
長針と短針の移動
沈んでゆく太陽
かすんでゆく光――

ある哲学者は
時間を
熟練の鍛冶師がリズミカルに打ち続ける
手の運動にたとえた
鍛冶師の現存在と
振り下ろされるハンマー
響く甲高い音
空気の振動――

鍛冶師は確かに存在し
確かに死ぬ
彼の作品は彼より長く
存在するかもしれないが
それらを裏付ける時間は
おそらく存在しない

気の遠くなるほどの広い空間と
無数の物質の絶え間ない移動――

「わたしには時間がない」
というセリフには
どこかしみったれた
しかし多少の真理を突いた
滑稽さがある
人間らしい滑稽さがある
存在しないからこそ
人間は時間をこの上なく惜しむ
とりわけ過ぎ去った時間を――

「昔出した詩集――」

昔出した詩集
出版延長の電話があったが
今は帰宅後の飯が
死後の名声より大事よと
断るつもり
今夜の飯も腹八分目に食って
人並みに長生きしたいが
そんなに長く生きるつもりはない
何でも数は少ないほうが
ありすぎるより価値が高い
――あの一者がそうだ――
余りものを安売りするよりも
適当なものを適当な値で
夭折のナントカになりそびれ
泥にまみれた汚れもの

郵便はがき

料金受取人払郵便

新宿局承認

2524

差出有効期間
2025年3月
31日まで
(切手不要)

1608791

141

東京都新宿区新宿1－10－1

(株)文芸社

愛読者カード係 行

ふりがな お名前		明治 大正 昭和 平成 年生 歳
ふりがな ご住所	□□□-□□□□	性別 男・女
お電話 番号	(書籍ご注文の際に必要です) ご職業	
E-mail		

ご購読雑誌(複数可)

ご購読新聞

新

最近読んでおもしろかった本や今後、とりあげてほしいテーマをお教えください。

ご自分の研究成果や経験、お考え等を出版してみたいというお気持ちはありますか。

ある　ない　内容・テーマ(

現在完成した作品をお持ちですか。

ある　ない　ジャンル・原稿量(

書　名				
お買上 書　店	都道 府県	市区 郡	書店名	書店
			ご購入日	年　　月　　日

本書をどこでお知りになりましたか?

1.書店店頭　2.知人にすすめられて　3.インターネット(サイト名　　　　　　　　)

4.DMハガキ　5.広告、記事を見て(新聞、雑誌名　　　　　　　　)

上の質問に関連して、ご購入の決め手となったのは?

1.タイトル　2.著者　3.内容　4.カバーデザイン　5.帯

その他ご自由にお書きください。

(　　　　　　　　　　　　　　　　　　　　　　　　　　　　　　　　)

本書についてのご意見、ご感想をお聞かせください。

①内容について

②カバー、タイトル、帯について

弊社Webサイトからもご意見、ご感想をお寄せいただけます。

協力ありがとうございました。

寄せいただいたご意見、ご感想は新聞広告等で匿名にて使わせていただくことがあります。

客様の個人情報は、小社からの連絡のみに使用します。社外に提供することは一切ありません。

書籍のご注文は、お近くの書店または、ブックサービス(0120-29-9625)、

ブンネットショッピング(http://7net.omni7.jp/)にお申し込み下さい。

ああ、この命よ！

「一つの手仕事」

暇な時間の
手慰みとするには
なんだか気分が乗らなくて
普段自覚しないでそのままにしている
日々の生活の
さみしさと
悲しみを
この時間になると仕事カバンに
そっと丸め込む
三十路を過ぎたあの人も
決して人に見せないが
ふとした時に
それを感じるのだろうか
どうにでもなれという恋は
もうすでに出来ぬ歳となり

明日に控えた仕事の準備をするその手に
これまで経てきた労苦や
人世のままならなさをにじませて
黙々と作業をするその姿を見るともなく見る

人には確かに
欲望それ自体を丸のみにして
昇華してしまう人種がある
それが芸術家だといえば
それはそうかもしれないが
欲望の端っこと端っこを繋げて
一つの円を描き
その内側を立体的に何かで埋めて
（その何かが大切なのだ）
一つの球体を作りそれを大砲に詰めて撃ち出して
壁をぶち破る何か――

「仕事をしてください」
それはそうかもしれない
人は一生をかけて
何かをする
――仕事をしてください――
時間の枠にはまらない
時間を無視した
しごとというものがあって
自分の存在の消えた時が
その仕事の完成というたぐいの
仕事がある

――私はその人を愛する――

「この闇夜の中――」

この闇夜の中
ドアをたたく
それに向かって
私は叫ぶ
根扱ぎにされた人々
月は隠れ
大地は転げ回る
ドアに向かって私は叫ぶ
いや、叫んでいるのは私ではない
私はこの闇夜の中明かりをつけ
本を読み音楽を聴き
ただ、これを書く
ドアをたたいているのは私ではない
この心だ
どこにつながっているのかも分からない

このドアに向かって
誰かを呼んでいる
月に吠える犬のように
私は月に吠える野良犬だ
意地汚く食べ物をあさり
地べたをはい回りながら
月に吠える野良犬だ
安全な場所を確保して
煙草をくゆらせながら
こんなものを書いている私は
野良犬以下ではないか
月は陰る
ドアも閉ざされたまま
――それでよい――
誰かが言う
――あなたは犬であり根扱ぎにされた人であり
隠れた月であり転げ回る大地だ――

それを聞き
私は静かにペンを置く

「アイロニー的存在論」

アイロニーとは
存在の
落差である

高揚した精神と
地を這う現存在の落差

精神が高く舞い上がれば舞い上がるほど
足が地についていることで認識に
引き戻される時の落差
落胆の大きさ

しかしその高揚感が純粋であればあるほど
引き戻された人の人格は高められる

アイロニー的人間存在の一つの希望

「キアズマ」

存在のキアズマ
今の私と
そうなるはずだという存在の
交差
そこにはぽっかりと空いた
空白があって
現実に投げ出されたありのままの私と
こうなるはずだという
観念としての私との
衝突地点
二つが触れ合うか触れ合わないかの
緩衝地点

その一点を
一筋の雷霆が射る時

過去という種子から育つ木を削りだした
現在と
将に来るものという設計図で組まれた
存在の車輪が外れる

「The most profound act is ――」

The most profound act is
To set another into you.
That's to say,
Self-reflection in a morning dew.
I set words on a music sounding in myself,
While that day is flowing into my mind.
Limitation is the sky, the night
Becomes gravity, the moon signifies
An enigmatic icon, falling on an Autumn leaf.

最も深遠なる行いは
もう一人の自分を自分の中へ落とし込むことだ
例えれば
朝露の中に映り込んだ自分自身の反映
私は言葉を私の中で鳴り響く音楽に乗せる
あの日が私の心の中に流れ込んで来る間に
空には限りがあり、夜は
重力を帯び、月は
謎めいたイコンを示す、落ち葉の上に舞い落ちて

「シェリーは天に昇ったまま──」

シェリーは天に昇ったまま
まだ帰ってこない
キーツもまた天に昇るが
そのうち、また私のもとへ帰ってくる
地に足をつけているものを負かすなら
天へ持ち上げるだけで十分だ
逆に
天に飛翔するものを捕まえるなら
重力によって下りてくるのを
待てばよい
重力に逆らわない
謙虚さ

「氷解」

存在のフェノテクスト
いないいないばあ
様々な引用のモザイク
分離すべく＝投げ出されたもの
存在の投企
糸巻を投げる子供

自ら書き上げたテクストを
投企する行為
一冊何百円の質素な装丁で出版するという
目に見える行為とは
別次元の
書くという行為
自分という存在の中に
他者の存在を

編み込む行為

たった百ページにも満たない
どこか知らないところで刷られた
小さな本が
人間存在にかかわる
大きな行為のフェノテクストだということが
ありうるのではないか

自分という存在の中に
他者の存在を
編み込む行為

人生設計という行為からは
どこか外れてしまわざるを得ない
そこには他者が介在するから

介在というのでは言い足りない

自分は他者であるという
人間存在の極限が
そこにはあるから

不安
絶望
その極限で
人は
他者にからめとられている

他者を自分のものとすること
他者を自分として
受け入れること
存在の唐草模様を
織り成すこと――

そこには選択がある
あれもこれもではなく
あれかこれかを
自ら選び取ること
自らの意匠を
自ら確立すること

思考の流れを
押しとどめていたものが氷解して
よどんでいた思考が
奔流となって流れ出す
それを一つの形式にとどめる
行に分け小部屋に収め
リズムを整え――

だが時に思考は形式に収まらない場合がある

その時言葉は
自由を求めて溢れ出す

「解脱に執着するものは――」

解脱に執着するものは
解脱できない

遠きものへの憧憬から
近きものの追究へ

「書かなくてはならぬ」ではない
「書かなくてもよい」だ
書く必要のない地点まで
たどり着くことだ
それでも書いてしまうなら
それは本物だ

「それが詩なのかと問われたらそんなの知らないよと答えよ」

傷口から目が開く
人間に閉ざされた門があるなら
動物になればよい
人間には殺せないものを殺すために
馬の頭を持つ
半獣半神になったあの者のように
半獣半人になればよい
門を通るには頭を
認識をつかさどる人の頭を
獣とすることである

「自己なんてない――」

自己なんてない
自己なんてわからないと
自分を括弧の中に入れておいて
（自分の）今まで集めてきたもの
（自分の）周りを取り囲んでいるもの
「自分を」今まで作ってきたものを考える時
今までつづってきた文章《テクスト》の中に
「自分」という言葉を入れざるを得ないことに気づく
こうやって人は
自分という存在に思い至るのかもしれない
自分を取り巻く世界・環境《テクスト》（宇宙）という
大きな括弧の中に
自分を入れてみて初めて
自分というものに気づくのかもしれない
自分を取り巻き構成するものの中にある

「自らの分け前」に
気づくのかもしれない

「見ることと書くこと――」

見ることと書くこと
「僕は見たことの半分も
語っていないんだよ」
記憶の沈潜
泥の下には
かたい地面が
横たわっているように
記憶の深層は
手つかずのまま
柔らかく塑形しやすい部分だけでしか
物事はつづれない
そこを掘り続ける
硬い岩盤にぶち当たるまで
汗をかき泥で手を汚しながら
掘り続ける

岩盤にぶち当たってもなお
そこを掘り続ける
硬い岩盤が欠片となり
その欠片がイマージュの水を含む
コロイドになるまで砕片を砕き続ける
砕片は残る
イマージュに侵されない
生の記憶の細片
雨上がりの水たまり
水が乾こうとする
一歩手前の凸凹した礫土
そこに広がり光を散らす
なめらかな泥の粒子

「I remember, I remember」

僕は覚えている
先にコップを洗うのを待っている僕のコップを
あなたが一緒に洗ってくれたことを
僕は覚えている
あなたの言った冗談に
不器用な返事しかできなかったことを
僕は覚えている
「あなたは本当に――」というあなたの
質問を遮ったことを
僕はそれに続いて
「本当に障碍者なの？」という質問が続くと思ったから
「そう見えないのが怖いんです」と
答えた
僕は覚えている
でも、あなたは本当にそう質問したかったのだろうか

あなたがその時、本当に聞きたかったことを
僕は聞きたかった

「一にして多――」

一にして多
多にして一
そんなに難しいことではなくて
人はいろいろなものからなっている
いろいろな顔を持っている
その顔に向き合うことは
そんなに難しいことではないように思えて
これほど難しいことはない
日頃気づかないでいるような
顔、表情
存在のニュアンス
生きてきた様々な様相から織りなされる
存在の機微
自分を取り囲んでいるもののすべてを知ることができないように
自分を織りなしている意匠のすべてを見ることはできない

況してや大切な人でさえ
況してや遠くの人々ならなおさら――
すべては私の鏡
（一にして全）
（全にして一）
私と鏡のあわいにある
空間
その空間がなければ
鏡はその人の姿を
映せない
それとも
その空間を飛び越えて
私と全ては
一致するのだろうか
空間すら存在しない認識の中で
私は
全てと

一致するのだろうか

「Contingentな世界――」

Contingentな世界
一色ではなく
様々な色合いの混ぜ合わせ
それが一つ一つ分離されて
光を放つ
偶有性？
様々な色合いの
混合状態
世界はContingentだ
Contingentな世界
様々なものが
何かの拍子に様々な色合いを帯びて
この胸に
迫ってくる
断続的にではなく一続きになって

映画のフィルムのようにではなく
一筋の小川のようになって
手で触れればそれは
波打つ流体だが
頭の中に入ればそれは
自由な空間を動く無数の粒子
盲目の少女がその手で触れた瞬間に生じた
「水」という理解
水が無色透明だというのは
間違いかもしれない
少女の手に触れた
水の持つContingentな色合いは
閃光のように
その少女に様々な観念を与えた
水という一つの現象が持つ
様々な色合い
盲目の少女の脳裏に生じた

一筋の光

「言葉は着地点を探す――」

言葉は着地点を探す
自分の居場所にとどまることなく
飛び上がり
飛翔し
宙を舞い
風にもまれて渦を巻き
西風に散らされ飛んで行く
片や鮮やかな
片や病的な
赤い落ち葉のように
風にさらわれてゆく
宙を舞う言葉も
重力には逆らえない
言葉は着地点を
探すこともなく探し

あるべき場所に落ち着く
飛翔した言葉は
あるべき場所に落ち着く

「石ころ一つ投げてみた――」

石ころ一つ投げてみた
そこに波紋が広がる
それぞれの存在を
あらわにする波紋が――
たった一つの石ころによって
生み出された波紋に
ある人はおののき
自分を守ろうとして
身に着けたコートの襟もとを
顔の方にまで
そのゆがんだ口元を隠すように
たくし上げる
ある人はわけもわからず
滑稽なダンスを踊り始める
自分が滑稽な踊りを踊っているとも

知らないまま
そのたった一つの石ころが
自らの存在の怪しさ不確かさを
本能的に感じ取っているから
ある人はわめき始める
自分の存在は正当なものだと
主張するために――
一つの石ころが広げる波紋
もちろん石ころとは
寸鉄一つ人を殺すように
存在の急所を突いた
言葉のことだ
ただ、その言葉が骨身にしみた時
人を殺したその言葉が
その人を活かす

「詩作」

時にすごいと称賛され
時に時間の無駄だと嘲られ
特にそれについて思うことはない
詩を書き
書を読むという行為
ライフ・ワークだといえば
それはそれで聞こえはいいが
筆のすさびでしかないこともあれば
体内にめぐる血潮を迸らせ
自らの存在を注ぎだすように
インクを紙面に走らせることもある
確かに詩を
金銭を得るための仕事とは
本質的に違った
己の存在をかけたしごとだと思ってはいるが

興を伴った
真剣な戯れに過ぎないとも思っている

書けないことについて書くことよりも
書かないことについて書くことの方が
書くべきことがあるのではないか
さらに言えば
書くことについて書くことの方が
今の私には
言うべきことがある

大多数の人が特に面白いとも思わない
詩を書くという行為をとる自分を
遠くから見つめ、一見滑稽とも思われる行為に
意味を与え直すもしくは
意味など奪い去って
それを沈黙の中に置く

そのことが
詩を書き
書を読むという行為の
本質に迫るものだと思えるのだ

「パラハラクシス」

貨幣の真贋を確かめるように
自らの心の真贋を確かめる
心は多くのものの混ぜ合わせ
そのもっとも純粋だと思われる部分を
取り出して
秤にかけてみるもしくは
わざと傷つけてみて
断面の輝きを見る
傷がつくともちろん
その価値は揺らぐが
その揺れがおさまった時
その真贋が明らかになる
あまり深く
傷つけてはいけない
時に傷つくことも必要かもしれないが

その時は向こうからやってくる
その時こそ自身の心の帯びる
情熱の
真価が問われる

「この賽の目に配された——」

この賽の目に配された
世界の中で
全てが
花開く
未だ来たらざるもの
今ここにあるもの
また、過ぎ去って行ったもの
それを養分にして
全てが
花開く
この存在に
根を張り
この血潮の中を
駆け巡り
偶然とのめぐりあわせによって

花開くものよ
私と
この世界を養分にして
咲く花よ
泥の中に根を張った
血のように赤い
蓮華よ

「もう一つくらい書けそうな気がして――」

もう一つくらい書けそうな気がして
筆をとる
私のアトリビュート
ペンよ
時に慕わしく
時に遠く疎遠となる
ペンよ
あの存在この存在
手から手へと移り行き
風雨にさらされてもなお
そこにあるペンよ
時に手慰みとなり
時に私の存在の確証を
インクのしたたりとともに告げ知らせる
ペンよ

時とインクの流れの中で
その存在をほとばしらせる
私のペンよ

「世界の初めから——」

世界の初めから
隠されているもの
暴力
聖なるもの
聖なるものの内にある
非暴力という暴力
非暴力という輝きの中に
それに触れるものを打ちのめす
力がある
聖なるものの
殴打それは
拳や槌による殴打よりも
激烈なものを秘めている
見えぬものによる
触れえぬものによる

殴打
恍惚の中で
その殴打は
打ち据えられた人を
作り変える

「太陽」

光と熱の蕩尽の内に
己を保ち
その球体を保つもの
燃え盛る炎熱の
不断の放出の内に
自己を保ち
その不断の消失の内に
円やかな自己をとどめおくもの
我々の光と熱の源
光り輝く球体
永劫
分け隔てなく
自己を贈与し続けるもの
――天の火、彼――

「徒労かも分からない――」

徒労かも分からない
この人生の内で
「努力は報われずとも
報われぬままに
光るものだ」
と胸に刻み
徒労かも分からない
この人生の内に
報われぬ努力は
もううんざりだと
時に悪態をつきながら
報われぬままに
その努力が光るまで
この命が尽きるときまで
この二本の足で

歩いてゆく

「NIHILISM」

NIHILISM
と背中に大きく書かれた
Tシャツを着た男が
課の窓口に現れた
係の者に促され書類を書いている
ロゴの下には小さく
There is no eternal fact
だとかなんとか書いてある
おそらくその男性は
そこに何が書かれているか
理解していないだろう
おそらく読んですらいないだろう
外国で理解された
無の思想
空の思想

その理解されたものの半分も
分からないで
況してやその根底にある思想も知らないで
NIHILISMというロゴを
身に着けるだけ
身に着けて
私たちは
生きている

その意義深い
NIHILISM
という思想の上に築かれた
文化というものを背にして
東洋で生まれたものが
西洋を経由し
またもとの場所に帰ってくる
その文化の還流の中で

私たちは
生きている

「ほこりとし」

ほこりなんて
吹けば飛ぶ
河童だって
川に流される
お大師様だって
筆を誤る
河童だって
お大師様だって
自分が必要とする
以上のほこりなんて
持っていなかったろう
俺は河童だ
俺はお大師様だなんて
思っていなかったろう
ほこりなんて

吹けば飛ぶ

しなんて
どこにでもある
一遍聖は
旅で行き倒れた人々のために
遊行しながら
念仏を唱えた
行き倒れた人々には
それぞれの物語があったろう
人はそれらに
心を動かされる
しなんて
どこにでもある

「一粒の砂の中に――」

一粒の砂の中に
世界を見る
一輪の花の上に
天を見る

クレヨンで描いた
二粒のさくらんぼの中に
姪っ子の世界を見
クレヨンで描いた
一粒の苺の中に
私の世界を表す
その土地で生まれ育ち
時にその土地を離れてもなお
二人の中に生き続ける世界を
つたない筆で描いた

クレヨンとじゆうちょう
姪っ子のおにいちゃん
じょうずという一言に
私の生きてきたことは
間違ってはいなかったのだと
このいちごの中にこれまでの私と
今の私が表れているのだと
姪っ子の喜びが
私の喜びなのだと
この小さな手は
これからどんな世界を
創り出すのだろうか
まだクレヨンも持たない
甥っ子は
これからどんな世界を
描いていくのだろうか

著者プロフィール
高野 吉一（たかの よしかず）

栃木県出身、京都で青年時代を過ごす。京都府立大学国際文化学科卒業。京都大学大学院人間・環境学部修士課程修了、後期博士課程単位取得退学。京都大学非常勤講師を勤めた後、資生堂工場勤務を経て、現在に至る。著書に『有心の戯れ』（2014年3月、日本文学館刊）、『一つの窓』（2020年2月、文芸社刊）がある。

無心のつぐない

2024年2月15日　初版第1刷発行

著　者　高野 吉一
発行者　瓜谷 綱延
発行所　株式会社文芸社
〒160-0022　東京都新宿区新宿1－10－1
電話　03-5369-3060（代表）
03-5369-2299（販売）

印刷所　図書印刷株式会社

ISBN978-4-286-24856-1